아기별과 할미꽃

아기별과 할미꽃

초판 발행 | 2019년 5월 5일

지은이 | 허정분
그린이 | 故 구유진
펴낸이 | 신중현
펴낸곳 | 도서출판학이사

출판등록 : 제25100-2005-28호
주소 : 대구광역시 달서구 문화회관11안길 22-1(장동)
전화 : (053) 554~3431, 3432
팩스 : (053) 554~3433
홈페이지 : http://www.학이사.kr
이메일 : hes3431@naver.com

ISBN _ 979-11-5854-176-7   03810

· 이 도서의 국립중앙도서관 출판예정도서목록(CIP)은 서지정보유통지원시스템 홈페이지(http://seoji.nl.go.kr)와
  국가자료공동목록시스템(http://www.nl.go.kr/kolisnet)에서 이용하실 수 있습니다. (CIP제어번호 : CIP2019016734)

· 이 책은 경기도, 경기문화재단, 한국문화예술위원회의 문예진흥기금을
  보조받아 출간되었습니다.

허정분 시집

아기별과 할미꽃

學而思 | 학이사

2부 /

눈에 넣어도 안 아프다고 했다

3부 /
할머니, 나는 왜 친구들과 달라요

4부 /
사랑해요, 보고 싶어요, 다시 만나요

오늘은 네가 다니는 어린이집 졸업식 날
웃음꽃 이야기꽃 활짝 핀 졸업생 가족들
씩씩한 개구쟁이 천진난만한 친구들 틈에서
동그란 단발머리에 송아지 눈망울로 반짝이는
제일 키 작은 꼬마요정 웃지 않는 너를
우리 가족만 서글퍼서 바라보았지

1부
___
안녕 울지 말아요

어린이집 졸업

오늘은 네가 다니는 어린이집 졸업식 날
웃음꽃 이야기꽃 활짝 핀 졸업생 가족들
씩씩한 개구쟁이 천진난만한 친구들 틈에서
동그란 단발머리에 송아지 눈망울로 반짝이는
제일 키 작은 꼬마요정 웃지 않는 너를
우리 가족만 서글퍼서 바라보았지

어린이집 현이와 설이가 가장 좋다고 한 너
그 착한 친구들이 네가 학교서 힘들 때면
손 한번 잡아주라고 친구로 생각해 주라고
간절한 마음 담아서 쓴 편지 한 통씩 넣은
작은 선물 주었지 너 모르게 주었지

여섯 해 세월을 가족이 함께 다닌 어린이집
온 가족이 너와 함께 기념사진 찍었지
초등학교 취학통지서가 날아 온 그날
네 아빠 입영통지서 받을 때처럼
할미 맘 심란하고 우울했지 엉엉 울고 싶었지

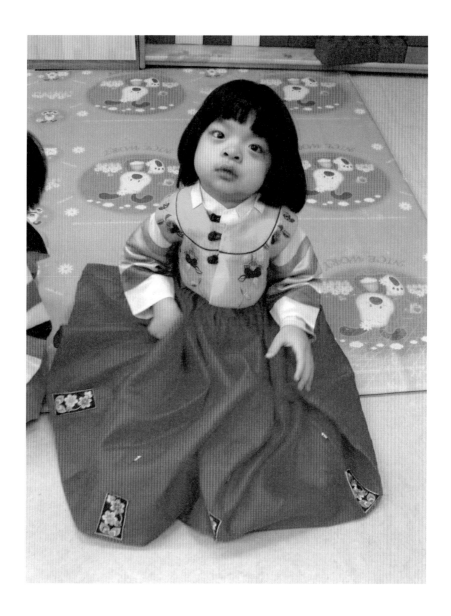

학교 가는 날

할머니 오늘은 1학년 입학식 날이에요
예쁜 옷 입고 언니하고 엄마 아빠 다 같이 학교에 갔어요
학교 운동장에 언니 오빠가 엄청 많아서 겁이 났어요
와글와글 떠드는 소리가 자꾸 무서워요 귀가 아팠어요
친구들이 뛰어다녀요 언니도 오빠도 모두 뛰어다녀요
엄마 아빠 손 잡고 걸어도 서 있어도 나는 힘들어요
안아달라고 했더니 아빠는 이제 일 학년이라고 안 된다고 해요
자꾸 눈물이 나서 학교에 다니기 싫다는 생각이 또 들었어요
처음 온 체육관에 처음 본 친구들과 엄마 아빠들이 꽉 찼어요
6학년 사촌 언니가 입학식 도와주러 왔어요 나는 너무 좋았어요
가만히 있는데도 가슴이 두근거려요 선생님도 많았어요
나는 맨 앞줄 의자에 앉았어요 친구들은 모두 뒤에 앉았어요
소집일 날 엄마하고 본 특수반 선생님이 나만 바라봤어요
선생님이 무대에서 교장 선생님을 소개했어요
처음 본 친구들이 이름을 부르면 무대로 올라가서 인사를 하네요
이제 우리 반 차례라고 언니가 알려줘 더 가슴이 두근거렸어요
1번 구유진, 하고 교장 선생님이 내 이름을 불렀어요

나는 친구들이 웃을까 봐 대답을 안 하고 가만히 있었어요
어린이집에서도 내가 말하면 친구들이 막 웃었어요

우리 반 친구들이 모두 무대 위로 올라갔어요
언니와 선생님이 내 손을 잡고 의자에 앉혀주었어요
친구들은 모두 서 있는데 창피하고 부끄러웠어요
사진 찍는 할머니와 엄마를 봤어요 자꾸 눈물이 나오려고 해요
친구들이 다 내려가고 마지막으로 언니와 선생님 손 잡고 내려왔어요
할머니, 애 왜 이렇게 걸어요? 이상해요? 처음 본 친구가 물었어요
응 조금 아파서 그래, 할머니가 거짓말을 했어요
할머니가 웃었지만 나는 학교도 싫고 새 친구도 싫었어요
어린이집 친구 설이와 윤이를 보았어요 부르고 싶었는데 못 했어요
친구들이 내 곁으로 왔어요 나하고 다른 반이라고 해서 속상했어요
너희 유진이 보러 자주 놀러 와라! 할머니가 손을 잡아 주었어요

유진아, 학교 가니 참 좋지, 할미도 너 따라 학교 갈 거야
할머니는 몇 번이나 그 말을 해요 식구들이 모두 알고 있어요
유진아, 이제 학교에 잘 갈 다닐 거지? 엄마도 물었어요
그럼, 잘 다녀야지 할아버지가 날마다 데리러 갈게,
어때 유진아, 학교 가기 싫은 생각 안 나지? 친구도 많고

도서실에 책도 엄청 많아, 언니도 신이 났어요
나는 새 친구들이 많은 학교 가기 싫어요 놀리고 웃으면 어떡해요
이제 어린이집에는 못 다닌대요 어린이집에서 안 된다고 했대요
학교 안 가면 할머니하고 있어야 해요 그건 너무 싫어요
응, 이제 나도 학교 갈 거야! 이렇게 말해버렸어요
할아버지도 할머니도 엄마도 언니도 내 말에 좋아서 웃어요
심심한 집보다 언니들 다 가는 학교가 좋을 것 같기도 해요

삼촌이 가방을 사줬어요 공책도 연필도 사고 실내화도 샀어요
너무 힘들었나 봐요 학교에 가는 꿈을 꾸어요 가슴이 두근거려요
기침을 했어요 아빠가 잠에서 깼어요 병원에 가야 한다고 해요
토요일이어서 학교에 안 갔어요 병원 약 먹고 잠 들었어요
내가 예쁜 새로 변신했어요 하늘로 날아올라 갔어요
멀리멀리 날아가서 집도 할머니도 안 보였어요
뽀로로도 언니도 없는 하늘로 자꾸 날아가요
울면서 할머니도 부르고 엄마도 불렀어요
학교에 가야 하는데 너무 무서운 꿈이었어요

불길한 꿈

너희 자매 오지 않는 주말이어서
할미도 해방이라고 모임으로 부녀회로
음력 정월 보름 윷놀이에 하루가 다 갔구나
짧은 이월을 건너가는 이른 봄비 소리
올해는 할미가 너 데리고 학교 다니겠다고
텃밭 농사 더이상 짓지 않겠다고
할아버지와 식구들에게 선언했다

마음속 다짐에도 애상에 젖는 그 밤중
황토물 소용돌이에 휩쓸려
할미와 네가 자꾸 떠내려가는 꿈,
깨어나 시계 보고 또 잠들어 꾸는 흉몽
흰옷 입은 내 몸에 무수히 달라붙는 검은 나비 떼에 놀라
몸서리치는 순간 일제히 하늘로 오르는 검은 리본
식은땀이 등줄기에 흥건한 불길한 꿈에
첫새벽에 눈을 떴다 개꿈이겠지 싶다가도
하루 내내 불안이 그림자처럼 따라붙었다

학교 가기 싫어요

할머니 자다가 몇 번 기침했어요
너무 졸린데 학교에 가야 한다고 일어나라고 해요
첫날부터 늦으면 안 된다고 엄마도 아빠도 막 깨워요
학교 갈 생각에 가슴이 콩닥거리기 시작했어요
새 친구들이 놀리면 어쩌나 겁이 났어요
아빠는 늘 밤늦게 집에 오잖아요
아빠와 조금 놀다 보면 늦잠 자는데
학교 가려고 날마다 일찍 일어난다면 어떡해야 할지
가슴이 답답했어요 정말 학교 가기 싫어요

아빠 엄마가 머리를 감겨줘요
그런데 어지러워요 방 안이 빙빙 돌아요
아빠에게 말하고 싶은데 말이 안 나와요
화장실에서 이를 닦는데
자꾸 눈이 감기고 가슴이 뛰어요
아빠가 깜짝 놀라 엄마를 불렀어요
돌덩이 같은 게 내 가슴을 눌러요

어디론가 자꾸 달려가네요 할머니 나 좀 구해주세요
무서워서 우는데도 소리가 나오지 않아요
어떡해요 자꾸자꾸 숨이 막혀와요
나 지금 어디로 가나요
할머니 무서워요 무서워요 구해주세요

응급실 · 1

네 큰고모가 울부짖으며 계단을 내려올 때
가슴에 꽂히는 불길함 눈앞이 캄캄해
삼 남매 외손들 중 누가 다쳤나 무슨 일일까
엄마, 지금 오빠가 막 울어 유진이가 응급실이래
심장이고 억장이고 다 무너지는 예감
이게 무슨 변고일까 뭐라고, 뭐라고
영문도 모른 채 차에 오르며
어서 가자 왜 응급실에 갔다냐?

오늘 애기 학교 갔을 텐데 학교에서 무슨 일이 있었냐?
몰라, 오빠가 막 우는데 전화가 끊어졌어,
병원으로 달리는 차 안에서 울음 범벅인 고모 답답해라
선생님도 아빠도 엄마도 불통인
전화기만 망연자실 쥐고 가는 할미
병원으로 가는 내내 뛰는 심장 별의별 상상에
갈팡질팡 가는 길이 천릿길처럼 멀었다

응급실·2

폐렴에 걸린 너를 안고 응급실에 왔을 때
낯가림하던 팔 개월 아가 때였다
중환자실로 옮겨지는 한 줌 너를 보며
간호사는 생사의 종잇장에 서명도 받았다
하루 두 번 너를 보는 면회 시간 코에 팔에 다리에
거미줄처럼 연결된 링거 호스 사이
자루처럼 긴 환자복 속에서 간신히 맥을 잇던 명줄로
가족이 없는 낯선 병원에 혼자 있다는 사실을
온 힘을 다해 울음으로 불안과 고통을 알리는
애절한 눈동자 어찌 잊었으랴
너를 두고 갈까 봐 데려가 달라는 애원을 담아서
할미를 바라보던 응급실과 입원실에 있던 보름 동안
너를 살린 힘이 의사와 기적의 힘이었다면
이 순간 응급실로 향하는 할미가 아가, 너를 믿는다
이 우주에 존재하는 모든 신의 기적을 믿는다
신이여! 우리 아가를 살려 주십시오
아가야, 어린 그때도 살아냈던 응급실 아니냐
이번에도 꼭 기적처럼 살아나길 할미는 믿는다

응급실·3

어린이 병원 응급실에서 너를 찾는다
링거 꽂고 있어야 할 네 모습 보이지 않아
애비도 어미도 보이지 않아 애가 탈 때 무심한 간호사
툭 던지는 말, 할머니 아기 하늘나라 갔어요.
내 귀를 의심했다 그럴 리가? 무슨 말을 들었나?
눈앞에서 캄캄하게 무너지는 하늘
머릿속이 하얗게 멈추는 무의식의 충격으로
뭐라구? 우리 아기 내 눈으로 보게 어서 데려와!
고함치는 울부짖음은 네 울음이었던가
할머니 조금 있으면 아가 데려올게요
믿지 못하는 내 눈앞에서 실신하는 아들 딸 며느리
온통 분간이 안 되는 이승의 아수라,
이 시간이 현실인가, 꿈이고 지옥이고 저승인가,
무슨 죄가 있다고 저 어린놈이 어디를 간다더냐
아아, 하늘나라가 어디라고 어린 네가 간단 말이냐

아가야, 어디 가니

믿지 못하는 할미 눈앞에 너를 데려왔다
잠자듯 감은 눈 공단결 보드라운 머리카락 뽀얀 얼굴
심장이 맥박이 따듯한 네가 말없이 누웠구나
할미 눈물이 엄마 아빠 눈물이 네 얼굴에서 무수히
파노라마를 그리고 뽀뽀한 뽀얀 뺨 따듯해
금방이라도 일어서서 안길 것 같아
손발을 주무르며 가슴을 쓰다듬으며
너와 피를 나눈 모든 가족의 심장이 터진다
끝도 없이 네 이름을 부르며 어루만질 때
가냘픈 네 몸이 따듯해져 올 때
온 우주의 신이여, 이 어린 천사에게 기적을 주옵소서!
그 말만 끝없이 되뇌는데 그 말 외엔 다 잊었는데
장의차 저승사자들이 너를 뺏어가는구나
무지막지 떼어내며 싣고 떠나가는구나
한순간에 삭정이 허수아비가 된 할미
그 자리에서 맥없이 쓰러졌다

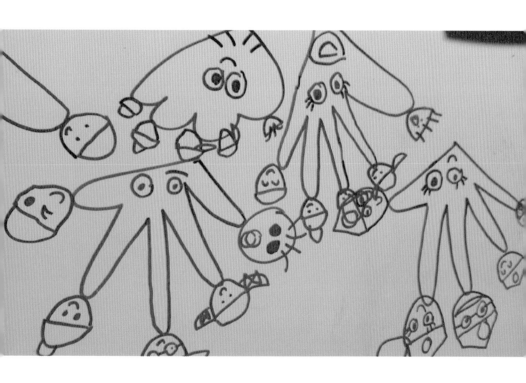

25

하루아침에

멀쩡히 밥 먹고 잘 놀던 네가
하루아침에 어딜 간단 말이냐
할미를 버리고 엄마 아빠를 두고 어딜 간단 말이냐
그곳이 어딘데 지금 네가 간단 말이냐
안 된다 아가야 너를 데려가는 분이 누구냐
안 간다고 못 간다고 떼를 쓰며 울거라
엄마 아빠 보고 싶어 못 간다고 빌기라도 해라
어린 너는 티끌만 한 죄도 없는데
너 대신 할미가 가야 할 곳이다
너를 데려오라고 다시 오라고 엎드려 빈다

땅을 친들 하늘을 원망한들 가슴을 부여잡고 뒹굴어도
너는 보이지 않고 널브러져 기진한 네 엄마 아빠
기절초풍 달려온 가족들과 통곡하며 하늘을 원망할 때
이게 무슨 전생의 업보인가 너는
영원한 잠에서 깨지 못하고 끝없이 어디로 가느냐
살아 있다는 게 혈연의 천국이라면
죽음은 이별로 벌 받는 가족의 지옥이구나

네가 아기 천사였네

이승에서 마지막 너를 보는 시간이라고
퉁퉁 부은 가족들이 입관식에 둘러섰다
아가야, 사랑하는 내 아가야, 할미 사랑이 부족했느냐
아빠 엄마의 정성이 모자랐느냐
네 몸에 달라붙은 장애아라는 꼬리표가 힘겨웠느냐
미안하고 미안하다 지켜주지도 키워주지도 못한 가족
아니다 네가 가는 하늘나라 나도 함께 가자꾸나
밥해주고 병원 가고 업어주려면 학교 가려면
너 혼자 힘들어 어찌 가겠니 외로워 혼자 어찌 가겠니

영안실에 파도치는 가족의 울음소리
어여쁜 네 모습 보며 가슴이 무너진다
세상에! 너는 국화꽃밭에 누운 어린 천사였다
국화꽃 속의 평화로운 아기 천사가 날개를 접고
잠이 들어 이승의 소풍을 끝낸 채 귀향하는
성스럽고 사랑스러운 하느님의 귀한 아가였다

아기 천사도 모르고 내 새끼라고 함부로 대한
이승의 할미 죄 용서해라 사랑한다 아가야,
보고 또 봐도 그림 같은 어여쁜 천사가
말없이 가족에게 '안녕!'을 하는 마지막 네 모습
너무 허무해서 쓰러져 부른다 어디로 가느냐 아가야

그곳이 어디냐

꿈이겠지 하룻밤 무서운 악몽이겠지
중환자실 혼자 있던 트라우마에
병원 간판만 보아도 공포심으로 울던 네가
씩씩하게 뛰지도 잘 걷지 못해도
온통 집안에 뽀로로 왕국 차려놓고
뽀로로 친구들과 날마다 놀아야지
그 몸으로 혼자서 어디 가나
아빠 엄마도 없는 친구도 없는
머나먼 하늘나라로 누구를 따라가나
한마디 말도 없이 또 온다는 약속도 없이
그곳이 어디라고 겁도 없이 혼자 가나

개미 한 마리 죽이지 않았고 거짓말 한번 못 한 네가
그림 속 세상에서 동물 친구들과 어울려 놀던
이층 사촌 언니들이 공주처럼 위해 주던 집을 떠나
솜 베개보다 가벼운 어린 몸이
저 하늘 어디쯤 지금 가고 있나
아득한 하늘 구만리 끝도 없는 하늘로 하염없이 가고 있나
북망산 너머 또다시 황천을 건너야 한다는데
집 떠나 너 혼자 푸른 하늘 어디로 가고 있나

영정 사진

장례식장 노란 국화꽃에 둘러싸여
네 영정을 안치한 분향소가 차려졌다
이렇게 가족들 모두 모여 있는데 네가 없구나
저기 마지막 어린이집 졸업사진 속에서
금방이라도 걸어 나올 것 같이 반짝이는 왕눈이
의젓하게 사각모자 쓴 네가
왜 영정 사진으로 거기 있는 것이냐
할미는 또 기가 막혀 넋이 나갔다
학교에서 돌아온 언니들이 보이지 않는 너를 부르며
영정을 보고 또 보며 우는 울음소리가 네가 우는 소리다
초주검 된 아빠, 바보가 된 엄마, 영락없는 귀신 몰골이다
네 소식 듣고 문상 오신 친지 이웃 학교 선생님
엄마 아빠 친구며 너를 사랑한 모든 분께
이 기막힌 참척을 어찌 말씀드리나
앞을 가리는 눈물로 너 대신 인사하며
너를 지키지 못한 죄인 할미 할 말 잃는다
향내 진동하는 분향소 청천 삼월 하늘
아가야, 너는 지금 어디를 가고 있느냐

지구별아 안녕

네 외삼촌이 영정을 들고
아빠 사촌 형과 친구들이 너를 모시고
차마 가지 말아야 할 마지막 길로 들어섰다
한 줌 몸매 너의 다비식이 치러질 때
할미 억장이 무너지는 상실감 무력감
인간의 힘으로는 피할 수 없는
절대적 신의 영역이 존재한다는 것을 거부하지 못하고
멍하니 바보가 되어 너무 미약한 인간이란 걸 알았다
잘못했다고 미안하다고 사랑했다고 해야 하는데
화염지옥에서 심신이 타는 할미 두고
아가야, 사랑하는 아가야, 어디 갔니?
거기가 어디라고 어린 네가 간단 말이냐?
이틀 내내 바보 할미는 이 말만 경전처럼 되풀이하는구나

영혼의 집

알록달록한 탱화, 부처님의 극락 세상이 저럴까
초상화 우글거리는 사각형 방 앞에 저승의 명패를 건
귀신들과 원혼들이 아래위 일렬로 갇혀서
이승의 인간들을 구경하는 꽉 막힌 공간 무서워라
저절로 등골이 서늘한 머리칼 곤두서는 혼령의 집

처음 보는 숱한 귀신들 틈에서
어린 네가 얼마나 무서울까 두려울까
깜짝 놀라 할미를 부르며 아빠를 부르며 애타게 울겠지
처음 보는 아가가 왔다고 장애 아가가 왔다고
바라보고 놀려대고 웃지는 않을까
서로 데려다 키우려고 싸우지는 않을까

세상에서 가장 작은 방에 너를 두고 돌아설 때
너는 혼자 얼마나 무서워 울까 가지 말라고
데려가라고 야속하게 떠나는 할미를 얼마나 원망할까
떨어지지 않는 발길 천근만근 무거운 걸음
한없이 따라오는 너를, 울면서 가슴에 품고 오면서

절집 미타정사

수천 개의 방들이 모여 세운
사방 한 뼘 남짓한 이 작은 방이
한 줌 유해로 봉안된 이승의 네 집이네
전생을 두고 가는 영혼의 집에
한 가닥 위안은 자비로운 부처님이 계신다는 것
너를 데려간 신에게 앙심을 품던 마음도 잊고
부처님께 엎드려 경배를 올리는 할미
스스로 부끄러워하면서
금빛 부처님이 묵묵히 앉아계시는 이층 누각에
똑같은 동자승이 망자들의 방마다 문 앞을 수호하는
이 작은 방에 너를 두고 사진을 두고 가야 하네

망자들만 모시는 집, 산 사람은 못 가는 집에
어린 너를 혼자 두네, 구유진 이름표 달고 영혼으로 인사하네
사방팔방 문패 걸린 방마다 사연 많은 귀신이 너를 보네
할미 등골에 식은땀, 머릿속에는 백팔번뇌가 엉키는데
네가 울면 어쩌나 집에 가겠다고 무서워 울면 어떡하나

꼭 잠긴 문 열 수도 없어서 전화 걸 두 손도 없어서
혼자서는 멀고 먼 길 올 수도 없어서
캄캄한 하늘 너무 기막혀라 애달퍼라
할미의 호곡성이 하늘까지 닿은들 네가 돌아올까

모진 게 인간이라 쓰러질 듯 넋 놓은
내 자식들 걱정되어 이제 집에 가자고
네 엄마 먼저 등 떠밀고 애비 내보내고
떨어지지 않는 걸음걸음 눈앞에서
가지 마, 할머니! 가지 마, 할머니

텅 빈 집

그 절집에 너를 버리고 와서
텅 빈 집안에서 정신없이 너를 찾는다
소파 위에 칠판 앞에 식탁에도 네가 있다
밥 먹고 그림 그리며 울고 웃는 너는 있는데
불러도 찾아도 보이지 않는 네 모습
뽀로로 장난감 인형 보드 칠판 밥그릇까지
모두 제자리에 있는데 아가, 너는 지금 어디 갔나
왜 할미 눈에 보이지 않느냐
깜빡 건망증에 너를 두고 온 혼령들의 집
온통 사방천지 처음 본 낯선 귀신이 얼마나 무서울까
할미를 찾느라 엄마 아빠를 부르며 얼마나 찾아 헤맬까

데리러 가야지 어서 데려와야지 목 놓아 너를 부른다
붉어진 눈동자로 여기저기 쓰러져 기진맥진한
애비 어미 고모들 언니들처럼
할미도 물 한 모금 넘기지 않고
눈감고 싶다마는 그래도 자식이 뭔지 밥상을 차리고

너희들 안 먹으면 나도 안 먹는다고
모래알 같은 밥 몇 술 목구멍으로 밀어 넣었다
아가야, 너는 오늘 밥이나 먹었느냐
숟가락 끝에 박힌 가시가 자꾸 목울대를 찌른다

보고 싶고 보고 싶어 시도 때도 없이 흘린 눈물
아직도 내 등에는 네가 업혀있는데
야속한 시간은 속절없구나

2부

눈에 넣어도 안 아프다고 했다

할머니들도 운다

대문 빗장 걸고 싶은데 금줄 쳐야 하는데
수십 년 이웃인 할미들이 소식을 듣고 오셨다
이 악몽 같은 현실을 되감는 필름
또다시 억장이 무너지고 심장이 찢어진다
마지막 유작이 된 네 그림들 편지글 보며
보고 싶다고 데려다 달라고 다리 뻗고 통곡하는
할미 눈앞에 팽팽 코 푸는 눈 벌건 할미들
집집마다 손자녀 몇 명씩 잘 키우는데
다시는 볼 수 없는 나라로 너를 보낸 할미는 어찌 살까
저 할미들은 금방 너를 잊어버리겠지
죽음이란 언제나 허무하다고
신세타령 끝낸 할미들 보내고
눈앞에 어른거리는 네 환영 끌어안은 그 밤 내내
축축한 베갯잇 사이로 날이 밝아왔다

너는 어디 가고

넋 놓은 하루가 흘러갔다
숱한 사연을 품은 망자들이
혼령으로 떠도는 그곳에서
어린 너는 혼자 얼마나 무서웠을까
집이 그리워 가족이 그리워 얼마나 울었을까
울다가 울다가 너를 버린 가족들 원망하며
아직도 멀고 먼 하늘나라로 하염없이
어린 날개 파닥이며 날아가고 있을까
저 푸른 하늘 어디쯤 네가 가고 있을까
가도 가도 끝없는 푸른 하늘로 잘 걷지도 못하는 네가
구만리 장천 북망산을 넘어서 하늘로 가다니
이럴 수는 없다고 가슴이 뭉개졌다

신이여, 어린놈 할미 눈에 넣어도 안 아프겠다고
오늘도 내일도 크지 말고 어여쁜 모습 그대로
오늘도 내일도 네게서만 세월이 멈추면 좋겠다고
할미가 한 말 소원대로 해주겠다고

제 가슴에 대못으로 박으셨나요
염라국 대왕 신이 할미 가슴에 비수를 꽂으셨는데
고모에게 할아비에게 너 좀 데려오라고
보고 싶다고 보고 싶다고 보채고 또 보채며 눈이 부었다

심장병 할머니

평생이 밥벌이였던 할미가 지천명 고개에서
든든한 밑천이던 몸에 탈이 나기 시작했다
이층 계단 오르기가 겁이 나는 두근거림 어지럼증
가슴이 찢어질 것 같은 통증 견딜 수 없어
병원에서는 평생을 약을 먹고 살아야 하는
심장병과 병명 몇 가지를 생애에 이력으로 얹었다

시도 때도 없다는 침묵의 저승사자가
할미의 피를 이은 너를 할미 대신 데려가셨나
날마다 힘들다는 말로 전생의 웬수라고 할아비 미워한
죄 많은 할미나 데려가시지
그 어린 내 아가가 원인 불명의 심정지라니
이게 무슨 천륜의 심판일까 생각하다가

하늘도 무심하시지 민들레 홀씨처럼 가녀린
호호 불면 날아갈 조그만 엄지공주를 왜 데려가셨나
심장에도 정지가 있다면 죽음에도 정지가 있어서
어린 천사를 키워야 했는데 오늘도 자꾸 눈앞이 흐렸다

삼우제

네가 없는 사흘을 보내고 미타정사 네 영정 앞에
외가와 친가 가족들이 모였다
좋아하던 솜사탕을 언니는 다섯 개나 사 왔다
어떻게 홀로 견뎠을까
귀신들이 무서워 집이 그리워 얼마나 울었을까
한없이 가족을 바라보는 네 눈길도 퉁퉁 부었구나
스님의 천도 독경이 할미 귀에는 자꾸 네 울음처럼 들려
유진아 어디 가니 애기야 어디 가니 가지 마라 가지 마라
할미는 그 말만 염불처럼 외워댔다
너 혼자 그 먼 길 어찌 가나 할미하고 가자
가다가 힘들면 업어주고 안아주게
그런데 할미 힘으론 달려갈 수 없구나 업어줄 수도 없구나
하늘나라로 잘 데려가 달라고 부탁해야 하는데
가다가 마트 있으면 너 좋아하는 얼음과자 사 먹으라고
가다가 힘들면 택시 타고 기차도 타 보라고
할미 지갑 몽땅 털어 노잣돈 나눠서 염라대왕 모시는
사자들 앞에 여기저기 놓았다

보고 싶어

보고 싶어라 보고 싶어라
눈앞에 어리는 네가, 또 와서 노는 집안
할미가 뭘 해줄까 밥은 먹었니 아가야,
학교 가야 하는데 아 오늘은 일요일이구나
곳곳에 어리는 네 환영과 놀다가 울다가
그곳이 어디라고 네가 갔느냐
아직 할미도 못 가본 곳인데 어쩌자고
어리고 어린 네가 혼자 갔느냐
넋두리로 네 모습 끌어안고 하늘을 본다
오늘은 봄바람이 미친 듯 공중제비를 도는 봄날
마당에서도 돌고 네가 좋아하던 민들레밭에서도 돈다
저렇게 마른 머리 털고 세상 밖으로 나오는 민들레 싹
마중하는 바람처럼 간절히 보고 싶은 할미 맘으로
애기야 너도 꿈에라도 오려마 날마다 꿈에서라도 오려마

가족

애기를 못 본 지 세 이레가 지났구나
할미보다 더 초주검이 되어 가까스로 갱신하는
네 아빠 앞에서는 절대 금물인 네 애기 내 눈물
실없는 농담으로 딴지 걸면서 웃었단다
두 숟갈이 아침밥인 네 엄마 네 생각이 밥일까 봐
쓰린 속으로 고기에 밥도 먹었단다
내 동생 사진 보며 울려고 그러냐고
이 세상에서 가장 싫은 게 할머니 우는 거라는 언니
눈치 보여 오늘은 핸드폰 속 네 모습도 못 보았다
밥벌이하러 간 엄마 아빠 학교 간 언니
네가 좋아하는 어린이 방송을 보면서 멍청한
늙은 할아버지 꼴도 보기 싫어서 할미가 몰래 운다
너무 보고 싶어서 방문 걸고 막무가내로 울고 만다

눈에 넣어도 안 아프다고 했다

할머니, 부르는 송아지 왕눈이
세상에서 가장 맑고 깊은 호수 그 눈에 담겨
천진난만한 세상을 무궁무진 그려내는
어여쁜 강아지가 내 새끼라고 저 예쁜 모습
영원히 그대로 크지 않으면 좋겠다고
정말 눈에 넣어도 안 아프겠다고
어린 네가 장애도 모르고 세상의 편견도 모르게
아프지도 않게 세월아 애기만 비껴가라고
헛된 꿈 꾸며 뽀뽀할 때 손등 꼬집던 애기
할미의 망령된 염원이었구나
그래서 노한 신이 모셔갔구나
할미 가슴에 대못 박고 모셔갔구나
영원히 눈에 넣고 눈물이나 흘리라고 천벌 내려주셨구나

1학년 4반 선생님

입학식 날 한 번 본 담임선생님
네가 1번이라고 강당 맨 앞자리에 섰을 때
특수반 선생님과 의자에 앉혀 준 윤은정 선생님
네 생애 단 한 번 본 너를 제자라는 인연으로
두 번씩 문상 와서 눈이 붉도록 흐느껴 운
꽃다운 선생님이 교실 벽에 친구들 꽃 이름 사이에
네 이름도 써 놓으시고 전학 간 친구라고 하셨다더니
네가 그린 그림 스물 넉 점 앞뒤로 제목 붙여
너무 예쁜 그림 액자 만들어 주셨다
정성 사랑 듬뿍 담은 그 수제 액자 받으며 미어지던 할미
선생님도 울고 저 하늘 어디서 너도
하염없이 지구별 바라보며 울고 있겠지

55

특수반 선생님

보이지 않는 인연의 끈이 너와 선생님을 묶었나 보다
입학식 날 뵌 키 크고 멋진 특수반 선생님
너의 보호자로 학교에 오겠다는 할미 위해
특수반 교실에 소파도 준비해 놓고
학교 친구들과 힘들 때 선생님께 오라고
너를 위한 특별한 마음으로 예쁜 교실 꾸미다 넘어져
접질렸다는 발목에 깁스하고
장례식장 네 영전에 찾아오셔서
평생 너를 잊지 말라고 하느님이 이런 특혜까지 주셨다고
당신도 오래전에 이런 슬픔을 겪어야 했다고
울먹이던 선생님 아가 너도 하늘에서
그 멋진 특수반 선생님 기억하겠지

그림책

놀이방 한 귀퉁이 그림책 책꽂이
주인 잃은 너의 책 버리려고 상자에 담다가
차마 못 할 짓 어룽어룽 번지는 네 모습에
눈물 먼저 앞장서서 호곡성 긴 꼬리가
온 방 안을 맴도는데 팔십 개월 동안
무수한 상상으로 네 친구가 되어준 그림책 주인공들
호랑이 달팽이 강아지풀 민들레꽃 뽀로로 친구들도
날마다 어울려 함께 놀더니 친구들 버리고 어디 갔니
보고 싶어라 너무 보고 싶어라
찾아갈 수도 주소도 없는 멀고 먼 하늘나라
조그만 아기별 되었나 조그만 아기 천사 되었나
맴맴 맴도는 네 환영하고 숨바꼭질하느라
코 빨개진 할미 눈도 빨간 토끼 눈 되었다

개미 할아버지

가기 싫은 어린이집보다 늘 바쁜 할미보다
할아버지 품에 안겨 가는 마을회관을 더 좋아했지
늙은 할아버지 친구들이 더 좋다고
너를 위해서 병 속에 흙 넣고 개미집 지어준
개미 할아버지가 화투놀이 바둑놀이 다 그만두고
네 손 잡고 슈퍼에서 과자와 우유 사주며 놀아줘서
날마다 심심하면 개미 할아버지한테 가자고 졸라댔지
네가 하늘나라로 갔다는 소식에 울던 할아버지들,
그 어린놈이 불쌍해라 기막혀라 혀를차며
네 생각에 개미 할아버지 생병이 났다고 하더니
우연히 병원서 만나 네 생각 번진 이야기를 나누며
개미 할아버지도 할미도 어룽어룽 눈자위가 벌게졌다

60

마지막 그 그림

보드 칠판 한구석에 그리다 만 네 그림
모자 쓴 요리사와 강아지 한 마리
원반 잡은 두 손으로 웃는 요리사는
마지막 음식으로 무슨 요리를 하려던 걸까
밥 주고 안아주는 너만 보면 좋아서 뛰던 강아지를
저 유작의 마지막 주인공으로 남기다니
강아지 밥을 잘 주라는 네 전언 같아서
주인 잃고 힘없는 저놈이
시름겨운 하루해를 다 소진한 할미처럼
처량한 애물단지 신세 같지만 아가야 잘 길러주마
네가 그린 그림과 숨결로 채운 집안
그려야 할 이야기 그려야 할 대상 넘쳐나는데
다 놔두고 한마디 인사도 없이
네가 데리고 논 소꿉친구들이 저리 기다리는데
무심한 유품들 말없이 너를 찾는데
너는 어디 있느냐
너는 어딜 갔느냐

흙수저 부모

할미는 가난한 집 맏며느리였다 스물두 살 꽃다운 새댁 시
절 네 아빠를 낳았다 아들이라고 손주라고 기뻐하시는 시
부모님 모시고 봉당 뜨락 높다란 사랑채 한 칸에 구멍가게
차리고 늘어나는 자식들 여덟 식구 밥벌이로 별 보고 일어
나 별 보고 잠들던 시절 고단함도 먼 훗날의 낙이라고 여
겼다 지천명을 넘겼을 때 시부모님 뒷산 언덕으로 번지수
를 옮기시고 네 아빠 배필로 네 엄마가 왔다
시대의 흐름처럼 맞벌이 부부인 네 엄마가 네 언니를 낳았
다 젊어서 돈도 벌어야 한다고 자청해서 연이어 태어난 너
희 자매를 품에 안았다 선천성 측만증을 지닌 조그만 아
기, 마음에 무거운 돌덩이처럼 버겁기 시작한 육아, 어린
너는 자주 아팠고 네 아빠는 병원을 제집처럼 드나들었다
바람 불면 날아갈 만큼 또래보다 작은 네가 웃으면 식구가
웃었고 네가 울면 할미도 울었다 어린이집에 다니며 조금
씩 친구들과 다르다는 걸 알아 갈 때 혼자 노는 너를 보며
가슴이 찢어졌다
그 어린 마음에 뛰노는 게 힘들어 동물과 꽃을 그리고 한

글을 깨쳤다 신은 누구에게나 공평하여 어린 네 몸을 괴롭
히는 장애를 뛰어넘는 특별한 재능을 주셨다고 네가 그림
을 그리면 동네방네 자랑하다가도 버거운 날 많았다 이순
을 넘은 할미 너희 교육도 살림도 돌봄도 네 엄마에게 넘
겨주고 싶었다

딱 네 언니 초등학교 들어갈 때까지 네 아빠에게 못 박은
할미의 돌보미 육아, 토요일 일요일 휴가 때면 너희들이
안 오는 날, 해방된 마음에 걱정 반 안심 반인 시간들이 쏜
살처럼 흘러가도 네 엄마 전업주부로 이름표 바꾸는 그날
만 오기를 학수고대 하는 세월이었다.

한식날

대대로 이어 온 이 마을 큰 조상님 한식 제삿날
늦도록 제사 음식 고임새 하는 할미 곁에서
상다리 휘어지는 제사상 보며
"우와! 우와!" 조그만 입에서 뿡뿡 감탄사 뿜었지
애걸복걸 뽀뽀하던 지난날도 다 사라진
기약 없는 이별의 마침표에서 파김치 된 할미
네가 없는 집안에서 또 무너진다
보고 싶어라, 끝도 없이 밀려오는 너에 대한 그리움
또래들이 경험하고 즐긴 네가 누리지 못한
집 외에는 담을 쌓은 세상의 놀이와
맛있는 음식 한 번도 사주지 못하고 보낸 회한
수만 갈래로 찢어지는 심장에 소주 몇 잔 들이켜며
봄비에 야속하게 매화꽃도 피고 제비꽃도 핀 사당,
근본이 같은 문중 자손들이 절 올리는 태고의 조상님께
우리 아기 잘 돌봐 주시라고 경배를 올린다
아가, 너도 먼 옛날 영의정 벼슬하신 청백리 조상님의
금쪽같은 후손인데 부모 없이 어린것 어찌 키우시려고
혼백이 오셔서 데려가셨나 너무 야속하기도 했다

아기별이 뜨는구나

무슨 소용이겠냐 애기야,
네가 하늘나라 천사로 떠난 지 오늘로 49일이란다
보고 싶고 보고 싶어 시도 때도 없이 흘린 눈물
아직도 내 등에는 네가 업혀있는데
야속한 시간은 속절없구나
부질없어 넣 놓은 할미 대신 너의 외할머니
가엾은 어린 영혼 극락세계에 들라고
큰돈 내놓으시고 부처님 앞에서 사십구재를 모신다

봄꽃이 피었다 지고 지상에는 철쭉이 한창이다
너는 영원히 노란 민들레꽃처럼 웃는데
망자들 혼백 모신 절 마당에는 슬픔 같은 적막이
먼 먼 하늘나라 아기별을 배웅하는 상현달로 떠 있구나
몇 번이나 이 절로 너를 보러 오려나
이승의 관습이 망자에 대한
염라대왕의 심판을 받는 예우라면
개미 한 마리 죽여 본 일 없는 우리 아기
어여쁜 천사로 하늘을 날겠구나

우리 집 지붕 위에 조그만 여린 별 하나 뜨겠구나
부디 좋은 곳으로 잘 가거라
사랑하는 애기야

까르르, 까르르, 웃는 법을 잊어버린 아기
감기로 찾는 병원, 예방주사 맞히려 찾는 병원
첫돌 지나고 두 돌 지나도 까지러지는 울음
의사와 간호사 할미 예방까지 진땀 나게 하지만
어쩌구요와 홀어 등에 업히는
어부바가 제일 좋은 두팔인 아기

3부
—
할머니 나는 왜 친구들과 달라요

신생아 엄지공주

산후 휴가 두 달 만에 밥벌이 가는 엄마
엄마 젖도 못 빠는 우리 아기
팅팅 불은 젖을 짜 젖병으로 먹일 때
엄마 마음도 찢어졌겠지 할미도 마음으로 울었다
흙수저 자식들 미안해서 어린 너를 안으며
벌벌 떨리는 할미 가슴 두 돌도 안 된 큰 손녀 데리고
이 어린 핏덩이 어떻게 키우나 한숨 쉬다가
애당초 자처한 보육 할미 노릇
잘 키우자 잘 키우자 최면을 걸며 떨어지기 싫어 우는
너를 두고 일하러 가는 어미 마음 오죽 힘들까
남 다 자는 오밤중에 데리러 오는 네 아빠도
병원으로 어린이집으로 할미네로 밤낮이 없었다
온 식구가 너를 키우려는 생각에 밤잠을 줄이고
한시가 멀다하고 우는 가냘픈 생명줄이
갸릉거리는 숨결로 보챌 때면 애처로워
할미 젖 쥐여주며 어미젖 대신 소젖을 먹였다

후두 연화증

한 줌 왜소한 네 몸에서 갸르릉, 갸르릉,
끊어질 듯 이어지는 가냘픈 숨소리에 놀라서
감기인가 찾은 소아과, 의사 선생님 후두 연화증이라고
아기가 성장하면서 자연히 낫는다고 안심하래도
새가슴처럼 할딱이는 아기 명줄 툭, 끊어질까
갸르릉 숨소리 한 번에 걱정과 한숨이
갸르릉 숨소리 두 번에 연민과 사랑이 교차해
어서 크라고 무럭무럭 건강하게 크라고
염원하는 하루하루, 업고 안고 병원에 가면
감기 든 아기라고 피해 가는 시선들이
옆에 가지 말라고 아이 데려가는 엄마들이
얄밉고 부러워도 그러려니 입 다무는
새가슴 할미였지

중환자 입원실

여덟 달 된 아기 중환자실에 혼자 있어야 하는 아기
하늘이 주신 귀한 생명을 간호사는
명줄 붙은 물건처럼 침대에 누인 동물처럼 무심한 눈길
링거줄 꽂힌 작은 몸이 쉬하고 응가한 기저귀
제때 갈아주지 않아서 누운 채로 내버려 둬
네 앙상한 엉덩이에 생긴 빨간 욕창 보고야 말았다

울지도 못하는 아가 그렁그렁 수정 같은 눈물방울로
불안한 반가움에 데려가라고 집에 나도 데려가라고
평생 잊을 수 없는 눈동자 할미 가슴에 낙인처럼 찍혔다

할아버지 분해서 간호사와 싸울 때
참을 찐자와 갈등하며 목젖이 잠겼다
병실에서 쫓겨나며 문병 왔던 할아버지 친구 내외가 사준
비싼 점심 식사가 모래알처럼 속을 훑었다

다시는 응급실도 중환자실도 안 보내고
잘 키우겠다고 온 우주의 신께 다짐한 나날

간절한 네 의지로 생사의 고비 넘겨
중환자실에서 기적처럼 집에 온 너를 호흡기 치료해주며

그렁그렁 목울대에 걸린 가래 기침이 쇠잔해지도록
등에 업고 토닥토닥 밤을 새운 자장가
먼 훗날 네가 크면 옛이야기 해주려던 시절이었다

잃어버린 웃음

병원 중환자실 생사의 공포가 고스란히 남아서
가족이 안 보이면 숨넘어갈 듯 악을 쓰며 우는 아기
까르르, 까르르, 웃는 법을 잊어버린 아기
감기로 찾는 병원, 예방주사 맞히려 찾는 병원
첫돌 지나고 두 돌 지나도 자지러지는 울음
의사와 간호사 할미 애비까지 진땀 나게 하지만
아빠 품과 할미 등에 업히는
어부바가 제일 좋은 보약인 아기
밥벌이 가는 부모 심드렁 바라보며
업힌 할미 등에서 강아지 눈망울이
송아지 눈망울처럼 그렁그렁 수정 눈물 매다는 아기
금을 주면 너를 살까 은을 주면 너를 살까
우리 아기 귀한 아기 어서 커라 우리 아가
방바닥에 누이면 사라질까 호호 불면 날아갈까
솜털 같은 손녀 가여워 불러주는 노래에
할미 등에 얼굴로 뽀뽀하는 어여쁜 내 새끼

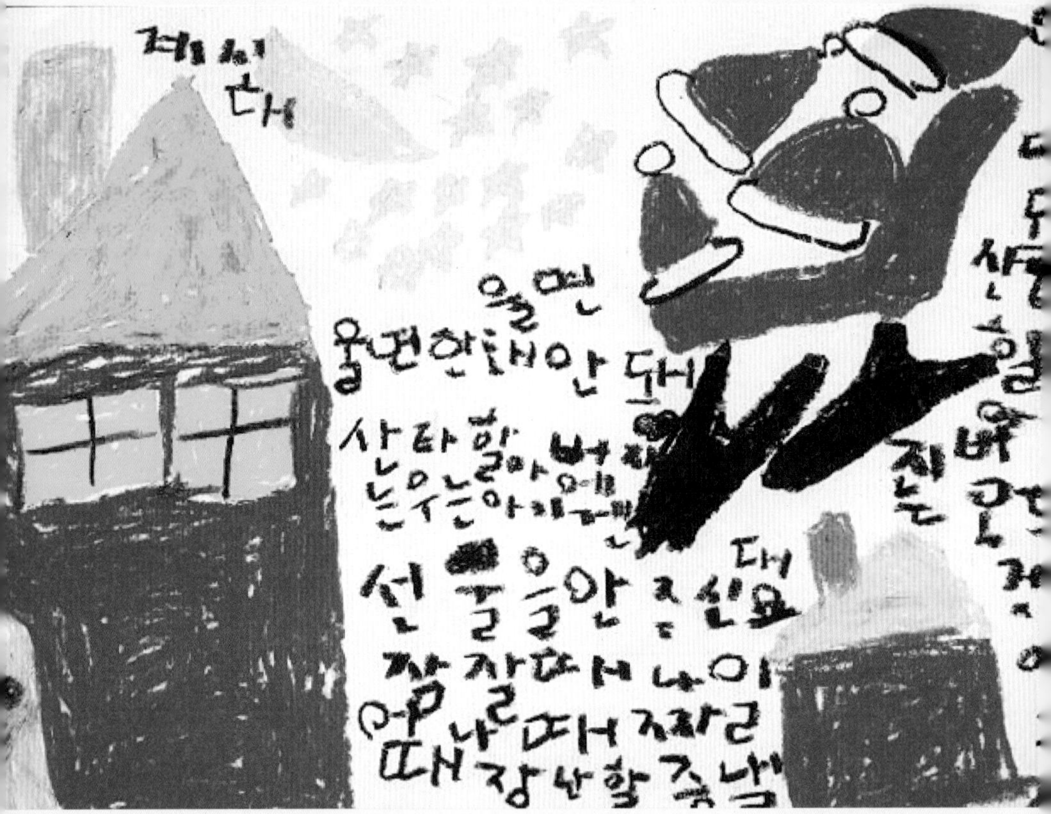

할머니 농사

두 살 터울 언니도 아가
돌 지난 너는 더 어린 아가
언니와 네가 어린이집으로 간다
울며불며 안 떨어지려 흐느끼는 아가
억지로 보내놓고 할미는 밭고랑 풀을 뽑는다
시난고난 돈 벌던 일 다 옛일인데
네 아빠가 주는 생활비 한 푼이라도 아끼려
마음은 아가에게 몸은 농사일에
'시상에 뭣이 소중헌디' 바보 할미가 남의 땅에
정성 쏟아 마늘 농사 들깨 농사짓는 아픈 팔다리
평생 삶을 져 나른 무릎관절도 망가졌는데
신산한 농촌 살림살이 다 이렇게 사는 거라고
맘속으론 하루속히 네가 커서 학교 가고 뛰어노는
그 세월이 여삼추처럼 길게만 여겨졌다

천장의 야광별

감기가 단골손님이냐 네가 단골손님이냐
환절기마다 너를 괴롭히는 감기에 익숙해서
입 벌리고 진찰받으며 호흡기 달고 사는 아기
잘 견디며 놀다가도 밤이면 더 심해지는 기침
그 작은 가슴에 스며든 병균 물리칠 힘없는 너에게
어부바가 언제나 최상의 약발이지만
네가 보라고 보고 웃으라고 좋아하라고
야광별 촘촘히 부적처럼 거실 천정에 붙였다
뽀로로 친구와 힘센 뽀빠이 스티커도 함께 붙였다
천장에서 빙빙 도는 팔랑개비 네가 웃으면
식구들 따라서 웃는다 그 재미에 자꾸 웃는다

불 꺼진 거실에서 동화의 나라 별들이 반짝인다
연년생 고물거리는 귀여운 할미 강아지 다섯 놈이
나란히 누워 천장 야광 별 바라보며
할미가 들려주는 옛이야기 무서운 귀신 이야기
학원 일 끝나고 한밤중에나 데리러 오는 아빠보다
일 년에 석 달은 밤새우는 엄마보다

더 재밌다고 자꾸 듣다가 잠드는
다섯 아이들 동상이몽의 꿈자리

엄마는 오늘도 야근 중

엄마는 오늘도 늦도록 야근이란다
환절기로 넘어가는 가을, 기침하는 네 곁에서 밤은 깊어
언니도 잠이 들고 시나브로 내리누르는 눈꺼풀
깜빡 잠이 들면 또다시 악머구리처럼 달라붙는 기침에
너는 아파 울고 할미는 딱해서 울고
그 조그만 가슴을 뜯어먹는 기침아 차라리 내 가슴을
파먹어라 내가 없애주마 애원도 소용없어
업으라고 일어서서 자장자장 자장가나 부르라고
거푸집 같은 할미 등에서 어부바로 잠이 드는 너
깰세라 조마조마 눕히다 보면 악악 터트리는 울음
한밤 내내 터트리는 가래 기침 소리 예민하기도 해라
가물에 콩 나듯 잠자리하는 할미네 집에서 이런데
밤이면 밤마다 네 엄마 아빠 고생 어찌하랴
네 아픔처럼 찌르는 통증 할미 전생에 무슨 죄를 지었냐고
조상님도 원망하다 너무 애처로워
날이 새면 큰 병원에 다시 가야겠다고
빨래걸이에 고개 숙이고 서서 쪽잠 든 너와 나

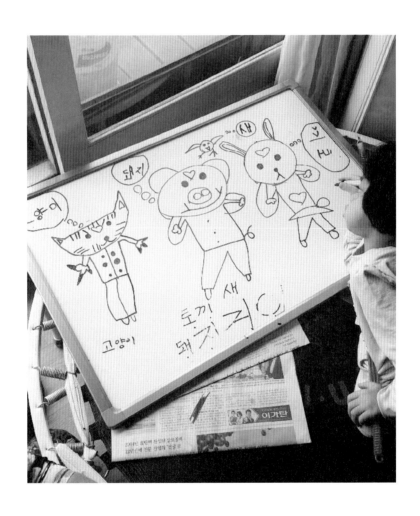

그림을 그리다

종이만 보면 그림 그리는 언니 닮아
작은 고사리손으로 그린 네 그림들
볼수록 신기한 상상 속 세상에서 아기자기한 친구들이
태어나 너만의 행복이 되어주는 걸 알았다
아이들 따돌림도 듣지 못하는 청각장애도 없는
네가 꿈꾸는 나라의 아름다운 친구들
종이에 그리며 이름을 쓰는 예쁜 여섯 살
학습지 선생과 어린이집에서 눈치껏 배운 글자로
네 가슴앓이를 표현하는 천재성에
헬렌 켈러도 떠올리고 스티븐 호킹, 베토벤도 생각하며
다가올 너의 미래를 점친다
너는 천재 화가라고 그 천재들도 장애가 있었다고
깨달을 나이까지 아가야 우리 건강하게 살아내자

병원비

초등학교 일 학년 네 언니 스스로 잘해도
밥투정 잠투정 공부 투정에 때때로 잃어버리는 학용품
아침마다 엄마 아빠 출근길 십여 리 등굣길이
안 봐도 훤한 허둥지둥 바쁜 한 가족
후년이면 너도 초등학교 입학하는 어린이
지레부터 걱정되는 노파심이 어깨를 눌러도
뼈가 크고 살이 붙으면 너를
수술로 고칠 수 있다고 하는 희망을 품었다

시나브로 병원 드나드는 너와 아빠 딱해서
집안에서 혼자 노는 네 외로움이 안타까워
어미야, 이제 직장 그만두고 아이들만 키우고
살면 안 되겠니? 넌지시 의중 떠보았다
살가운 말 한마디 하지 못하는 진국인 네 어미 정색하며
어머니 유진이 커가면서 수술하려면
돈이 얼마나 들지 몰라요 유진이 병원비 때문에
직장은 계속 다녀야 해요 하는 야속한 대답

돈이 목숨줄 쥐고 있는 시대, 그렇겠지 그래야지
뻔히 알면서도 아픈 새끼 수술비 걱정에
일 년에 서너 달은 야근까지 하는 그 맘 오죽하랴
흙수저 물려준 시부모 생활비까지 주는
밥벌이하는 아들 며느리 볼 면목 없어서
묵정밭 다름없는 남의 밭 한 떼기에
어린이집 가는 시간이면 옥수수도 심고 감자도 심고
푼돈이라도 아끼려고 밭매고 거름 주며
쑥쑥 크는 먹거리처럼 너희들 잘 크는 게 낙이라고
굵은 땀방울 풀포기에 쏟았다

어린이집 친구

한 주 내내 어린이집 안 간다고 떼쓰다가
일요일 사촌 동생 은지 온다는 할미 꼬임에
풀 죽은 모습으로 등원하는 모습 보며
말하기도 듣기도 걷기도 뛰기도 힘들었을 너에게
선생님 말씀 친구들 말 알아듣지 못하는 서러움에
천진난만한 또래들 너를 보며 뭔 말인들 안 했을까
말이 없는 아이라고 써 보내는 알림장 보며
집보다는 친구들과 놀라고 보낸 어린이집 여섯 해 동안
어린 새가슴에 눈치코치 쌓이고 쌓인 체념으로
너는 늘 혼자인 줄 알면서도 친구들 위해 너를 위해
피자 한 번 못 사다 준 무능한 할미였다
할아버지 품에 안겨 집에 온 시간부터
뽀로로와 친구들 모두 초대해 패티도 되고
루피도 되어 에디네 집에 놀러 가는
뽀통령 왕국에서 가장 이쁜 공주님 우리 손녀님
내일은 꼭 은지 데려오라는 억지라도 부려야겠다

곤충 그림책

하루에도 수십 번 뽀로로만 그리는 꼬마 화가가
세밀화로 그린 곤충 그림책에 홀딱 반해
겉장도 뒷장도 찢어진 곤충 그림책
네 기억 속으로 들어가 읽어보고 물어보고
신기한 세상에 푹 빠진 네가 그려내는
달팽이 사마귀 나비 거미 애벌레 무당벌레
온통 집안에 네가 그린 곤충 그림 일색이다
꽃 동물 바닷속 풍경까지 상상이 접목한 삽화
폰에 저장한 그림에 천재 화가라는 말 덕담으로 얹어줘서
할아비의 폭언에 우울했던 할미 맘이
미래의 웹툰 작가로 인터넷을 장악한
네 이름 꿈꾸며 덕분에 콧노래까지 불렀다

우문현답

엄마가 좋아? 할머니가 좋아?
응, 엄마가 좋아, 할머니도 좋아, 아빠도 좋아,
엄마 기다리다 졸린 눈꺼풀 부비는 너희 자매에게
할미가 묻는 어리석음에 덧붙여
아빠까지 좋다는 현명한 대답
먼 옛날 너희만 할 때 치마꼬리에 매달려
초상집에라도 따라가던 할미처럼 너희도 그렇겠지
하루해가 저물도록 엄마 보고 싶겠지
단축번호 누르며 "엄마 사랑해 엄마 사랑해"
조그만 입에서 터지는 하트 뽕뽕 날아가는데
엄마는 날마다 네 장애가 걱정되어 일 하는구나
젊어서 하는 고생 돈 주고 사서 한다던
그 옛말 지금은 한물간 천덕꾸러기라고
맞벌이 아니면 살 방법이 없다고
큰 고모네 부부도 작은 고모네 부부도
네 사촌들 학교 보내고 어린이집 보내고
밥벌이 맞벌이에 하루해가 저문다

병원 예방주사 맞아요　밴드 붙여요

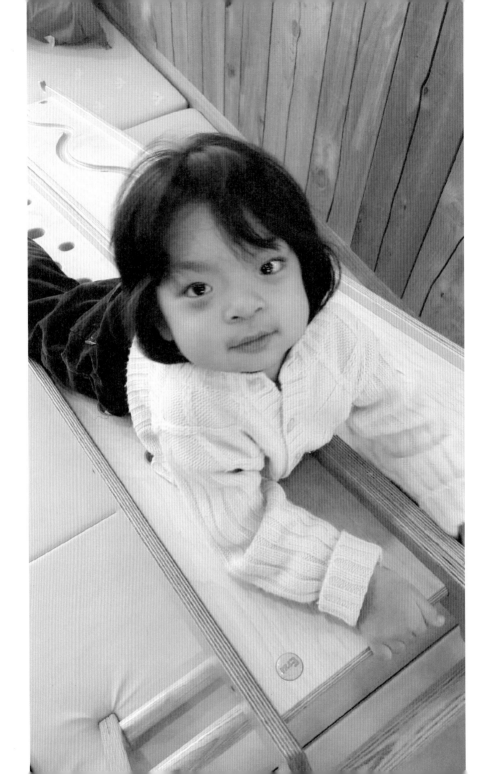

밤잠

자정 넘어 할미와 누운 잠자리 비몽사몽에도
네 가슴을 압박하는 척추의 혹 덩어리
콜록거리는 기침 소리가 무거운 할미 몸에 휘감긴다
작년까지는 두어 시간씩은 단잠을 자더니
단 십 분도 못 되어 삼베옷 찢는 기침 소리
내 심장까지 떨리는 아픈 소리 어린 게 무슨 죄가 있다고
저리도 야멸차게 괴롭히는지 가여워라 내 새끼
너 대신 석 달 열흘이라도 할미가 아프다면 좋겠다고
갸릉갸릉, 하는 세균 덩어리 뱉어내라고 호흡기 대며
아가야, 어서 크거라 수술하면 된다 그때 옛이야기 하자고
새벽녘까지 뒤척이는 너를 보며 안타까웠다
구척장신이던 네 아빠가 허깨비처럼 말라가는 이유도
잠 못 이룰 정도로 생각이 많아서겠지 했다

한글을 깨쳤어요

후두 연화증에 중이염까지 앓느라
잘 듣지 못한 말 배우지 못한 말 그래도 말문 트여
엄마보다 먼저 아빠를 찾는 네가 나름대로 하는 말
가족들만 아는 네 말에 선생님도 친구들도 웃어서
아예 마음 닫고 입 다문 네가
일주일에 한두 번 언어 교정 치료 교실 가더니
목요일마다 학습지 선생이 책 읽어주러 오더니
어느 날 네가 동화책 줄줄 읽는다고
깜짝 놀라던 학습지 선생,
세상에! 문장의 의미는 잘 몰라도
어린이 책 소리 내어 읽고 쓰는 여섯 살
선생님 입 모양 보며 고름이 찬 달팽이관에
그 말씀 들으려고 그 글씨 익히려고
자나 깨나 마음고생 초롱초롱 새겼을 눈동자
보석 같은 네 언어로 책을 읽고 글씨를 써
온 식구들의 가슴을 뭉클하게 적신
네 노력 정말 장해라! 눈물겨워라!

보청기 귀

어린이에게 흔한 질병 중이염이라고
꾸준히 치료하면 완치될 줄 알았다
갓난아기 때부터 한 달에도 몇 번씩
너를 안고 단골 이비인후과를 찾아가는
네 아비의 발걸음이 풀 죽어 오길 여섯 해
오로지 의사에게 신처럼 매달린 세월이
난치병으로 자리 잡았다니 할미는 기가 막히고
너는 귓구멍이 막혔다
어쩌랴, 의술로도 돈으로도 통하지 못하는 이 현실을
자꾸 빼내 버려 끼워주기도 어렵더니
어느 사이 고사리손으로 척척 귀에 끼고
잘 들려요, 잘 들려요, 할머니 노래해 봐요
네 지청구에 맹맹한 콧소리에 얹어
몇 번이고 불러주던 소싯적 동요
부르고 부르며 합창도 같이했다

WC FE

97

할머니 편지

또 해가 바뀌어 너는 다섯 살 언니는 일곱 살
봄마다 바뀌는 어린이집 선생님 불안해라
낯가림 심한 우리 아기 얼마나 힘들까
말도 못 하고 듣지도 못하는 아기 미워하진 않을까
이 생각 저 생각에 뒤척이다 담임선생님께
잘 돌봐 달라는 간절함 담은 긴 장문의 편지를
눈물로 얼룩진 편지를 쓴다

개나리꽃 피고 진달래 꽃망울 벙근
어린이집 담장 곁에 할미꽃 수십 송이가
겸손하게 고개 숙인 세월의 나이테로 피어난 봄날
걱정하지 마시라고 할미 맘 위로하는 선생님
너는 개나리꽃, 선생님은 진달래꽃, 할미는 할미꽃처럼
꽃피는 봄날만 같으라고 축수하고 돌아섰다

기도처럼

하느님!
저 가녀린 몸, 저 어여쁜 인꽃에게
무슨 몹쓸 병명을 주셨나요
학교 갈 날이 코앞인데 두 손으로 무릎을 짚고
쉰 걸음도 못 걸어 주저앉는 손녀 보며 미어터지는 심장
자꾸만 휘어지는 등뼈가 먼 후일에는
곧게 펴진다고 약속해 주세요

애기야 일어서라 똑바로 걸어야 학교 다니지!
다그치는 할미 말에 조금 펴지는 허리
머리끝까지 색색거리는 숨소리 들으셨나요
두 귀에는 갈고리 같은 보청기를 끼웠어요
세상에! 공짜는 없다더니 할머니 잘 들려!
기적처럼 소리 내어 책을 읽네요
할머니 업어줘요 힘들어요 아빠 안아줘요
행여 힘들까 업고 안고 기른 어린놈이
세상이라는 공간을 장애아라는 슬픔을
이해하고 받아들이기에는 아직은 너무도 어려요

조금만 더 지금처럼 아무것도 모르고 크도록
하느님!
우리 아기를 지켜주세요

부칠 수 없는 그리움만 할미는 남몰래 쓴다
사랑한다고 하늘에서도 꼭 만나서 어부바해준다고
그때까지 꼭 기다려 달라고
별님과 달님 보며 손가락 걸었다

4부
———
사랑해요, 보고 싶어요, 다시 만나요

하룻밤 꿈에라도

오매불망 그리워 잊지 못하는
남북 이산가족 세월이 흘러도 살아만 있다면
그래도 언젠가는 만날 꿈이라도 꾸겠지
한마디 말도 없이 별이 된 아가야
한 번이라도 좋으니 생시처럼 만나
내 손으로 따순 밥 한 그릇 먹여 봤으면
꿈자리마다 보고 싶은 비몽사몽 간에도
야속해라 허무해라 애만 타는 나날들
할미 곁 떠난 지 반년이 지나도
지구별 찾지 못해 못 오시는가
아픈 몸 더 아파서 못 오시는가
무연히 눈뜨는 아침마다 허망한 애상에 젖는 마음

바보 할미

한 치 앞도 모르는 게 인생이란 걸 남의 이야기로만 알았다
세월이 시간이 너에게 나에게 많이 남은 줄 알았다
너와 함께 외출 한 번 못 해본 지난날
참으로 무정한 바보 할미였다
피자집에도 데려가고 만화영화도 보러 가고
예쁜 인형 하나라도 더 사줄 걸 그랬다
TV에서 본 신기한 동물원 상상으로 그릴 때
너는 얼마나 그곳이 궁금했으랴
동화책 속에서 팥빙수를 먹으며 뛰노는 아이들
얼마나 먹고 싶고 뛰고 싶고 부러웠을까
하루 세 끼 밥만 먹으면 크는 줄 아는
무심한 바보 할미가 밭둑에 앉혀 놓고
달팽이나 찾으라 하고 개미 하고나 놀라며
호미 들고 바랭이 쇠비름 뜯다가
모기에 물린 네 팔뚝에 물파스나 발라주는
무지렁이 바보 할미 후회한들 네가 오랴
밤하늘 별을 보면 네 눈동자처럼 슬퍼서 외롭구나

친구야 나하고 놀자

잘 듣지 못한다고 나는 친구가 없어요
잘 걷지 못한다고 놀이터에서 놀아주는 친구도 없어요
잘 말하지 못한다고 이야기하고 들어주는 친구도 없어요
선생님은 내가 참 착하다고만 말해요
내 말에 친구들이 웃어요 바르게 말해도
선생님도 잘 못 들어요 나는 너무 속상했어요
친구들이 뛰어오르는 이층 계단도 올라가기 힘들어요
그래서 아침마다 어린이집 가기 싫어 울었어요
나는 왜 걷기도 말하기도 힘들까요
어린이집 야외 놀이에도 수영장에도 체험학습에도
잘 걷지 못한다고 귀에 물들어간다고
친구들 따라 하지 못할까 걱정된다고
할머니하고 집에서 놀아요
텔레비전 보며 그림 그리며 놀아요
할머니도 혼자서 놀고 있으라 하고
호미 들고 밭으로 나가면
나는 너무 슬퍼서 뽀로로 나라로 이사가고 싶어요
착한 루피가 되고 싶어요

그 병원

단골병원이라고 네가 출생부터 유명을 달리한
분당 큰 병원에 경로석 공짜인 이 나이에도
예약된 날 애비 차 타고 살겠다고 찾아왔다
주마등처럼 스쳐 가는 온갖 상념에 젖는 회한
덕은 쌓을수록 자손이 복을 받고
악업은 지을수록 후손이 죄를 받는다는데
어느 조상의 업보를 네가 받은 것이더냐
죄 많은 할미를 대신해 너를 데려간
조상을 원망한들 무슨 소용이냐
어린 육신 지켜주지 못해 미안한 내 애기야

넓고 넓은 병원 수많은 의사들
이비인후과 소아병동 응급실 중환자실을 거쳐
재활치료실까지 안 가본 곳이 없어 끝내 갈 곳 없어
119소아응급실에서 가냘픈 생의 마침표를 찍고 말았느냐
너를 마지막 본 그곳 따뜻한 두 뺨에 온기가 있었을 때
하늘로 날아가는 천사가 된 그 맥박
여린 심장의 고통이 절절히 할미 가슴으로 파고들어

심장은 찢어질 듯 방망이질인데 심장내과 의사
석 달 치 심장약 처방으로 또 내 생명줄을 연장시킨다

은지와 포포

"할머니 은지와 포포 언제 와?"
하루가 멀다고 묻는 말
달력만 넘기면 그달의 행사처럼 반짝이는 눈동자로
은지와 강아지가 외가로 오는 날을 표시하려고
일요일마다 은지 포포 오는 날이라고 써놓고
온다는 약속도 없는 사촌 동생 은지 애타게 기다려서
차마 너의 기다림 외면하지 못하고 이런저런 구실 붙여
바쁘다는 막내 고모네 부르기 일쑤였지
사촌 동생 은지가 온 날이면 좋아서
너희들이 뛰노는 어린이집 같았지
여섯 놈 어린것들이 점령한 온 집안에
웃음꽃 울음꽃 덩달아 내 자식들 신바람에
할미도 이런 게 사는 낙이라고 만두도 빚고 고기도 굽고
자식들 큰 입에 어린놈들 작은 입에 들어가는
음식만 봐도 흐뭇했지 히실히실 웃었지
세상에서 은지가 가장 좋다는 너의 말
'부모 팔아 친구 산다' 는 옛말 떠올리며

어린이집 안 가겠다는 너의 눈물에
어린이집에 잘 가야 은지가 온다고
속 깊고 배려심 많은 은지가 또 와서 논다고
한 달에 두 번 오기도 바쁜 작은 딸네 가족들에게
전화통 붙들고 화내고 성화를 대던 날 허다했지

할머니 노래해요

순진무구한 네 앞에서 청승을 떠는
할미의 노랫말 잘 듣지 못하더니
보청기 꽂고 나서 자꾸 할머니 노래하라는
네 성화 귀찮아 핸드폰에 녹음해 놓고
눌러서 듣는 방법 알려주었을 뿐인데
무심코 열어 본 녹음방 네 목소리
'봄바람이 새 길을 냅니다 따뜻한 바람입니다
새들이 나뭇가지에 집을 짓습니다
알을 낳고 새끼를 키울 집입니다
지푸라기도 물어오고 나뭇가지도 물어 옵니다
새들이 포롱포롱 날아갑니다
나도 새처럼 날아 보고 싶습니다'
2월 5일 녹음된 책 읽는 애기 말씀
한 달 후 저승길 날아가는 유언처럼 남긴 말씀
이 무슨 기막힌 운명일까 새가 되고 싶었던 내 애기야
새처럼 포로롱 날아간 내 애기야
저 하늘 어디를 날고 있을까
저 숲속 어디서 울고 있을까

115

네 생각에

저녁밥을 짓다가 미역국을 끓이다가
네가 잘 먹던 미역국을 오늘은 할미 혼자 먹는다
뜰 아래 화단에서 어미 찾는 새끼고양이
처량한 울음소리 네가 와서 우는구나
잘 키우겠다고 잘 먹이겠다던 언약은
하룻밤 봄 꿈처럼 스러지고 하늘과 땅
그 행간에서 흐려지는 시야 어깨뼈부터 발끝까지
녹아내리는 먹먹한 슬픔 견디지 못해
미역국 엎질러진 식탁에 머리를 뉘었다
생이란 무엇인가 산다는 건 무엇인가
정이란 무엇인가 혈연이란 무엇인가
정답도 오답도 연습 없는 생의 시련에서
아가, 네가 너무 보고 싶어서 보고 싶어서
할미가 또 운다. 무조건 엉엉 운다

우울증

저렇게 맑은 하늘 어디를 너는 가고 있을까
저렇게 흐린 하늘 어디서 너는 울고 있을까
저렇게 내리는 빗방울이 네 눈물은 아닐까
하늘만 봐도 비가 내려도 너는 내게 오지만
안아 줄 수가 없구나 업어줄 수도 없구나
먼 태고의 낯선 조상들 혼령만 득시글거리는
하늘 구만리 어느 세상 어디서 어린 너 혼자
울고 있는 건 아닐까 무서워서 외로워서
그 가냘픈 울음소리로 할미를 부르는 건 아닐까
환영과 환청이 푸른 하늘에서 내 가슴으로 스며든다
오늘은 할미를 정신과 병원에 데려간다던 막내딸
은지 엄마가 못 왔다 많이 아프다고 하는데
엄마가 되어서도 못 가보고 산 사람은 살겠지
하염없이 애끓는 봄날이다

민들레 꽃밭에서

서너 번 내린 봄비에 푸성귀 무성한 텃밭 귀퉁이가
네가 좋아한 노란 민들레꽃 세상이다
네댓 평 나물 밭이 온통 노란 빛이다
예쁘기도 해라 노랑 저고리 받쳐 입은 새 애기처럼
나부죽죽 키재기하는 꽃밭에서 너는 꽃을 땄지
민들레꽃처럼 어여뻤지 너무 귀여웠지
한나절도 못 되어 숨죽이는 여린 꽃 약병에 꽂으며
민들레 하얀 씨방 호호 불어 텃밭 어디에도 싹이 텄지
네가 뿌린 씨방들 저리 꽃 피우는데 너는 어디로 가고
무심한 민들레꽃은 왜 무더기무더기 환호하듯 피어나나

생일 선물

2학년 네 언니가 할머니 생일날 선물로
할머니처럼 시 썼다고 공책 한 권 주었지
식구들 모두 처음 썼다는 동시가 기특해
칭찬 일색으로 띄워주었지
그 칭찬이 부러워 종이 접고
테이프 붙여 만든 여섯 페이지 공책에 그림 그리고
할머니 사랑해 엄마야 사랑해 아빠야 사랑해
언니야 사랑해 키키야 사랑해 물고기야 사랑해
온통 사랑으로 도배한 첫 작품집
작가가 되든 화가로 살든 훗날 보여주려고
고이 간직했더니 무엇이 그리 급해
유작을 남기고 내 품을 떠났을까
천상에서는 무슨 그림을 그릴까
부칠 수 없는 그리움만 할미는 남몰래 쓴다
사랑한다고 하늘에서도 꼭 만나서 어부바해준다고
그때까지 꼭 기다려 달라고
별님과 달님 보며 손가락 걸었다

봄날이 간다

시절에 덧대어 봄이 시나브로 푸르게 몸을 푼다
봄비 서너 번에 낙화로 흩날린 벚꽃
갓길 경계에도 민들레꽃 애기똥풀
노란 꽃잎들이 저절로 피고 지는데
어느 사이 휩쓸고 간 4월의 바람에
영산홍 철쭉이 지고 조팝꽃도 지고
한참 앞질러온 아카시꽃 향이
그리움 짙은 슬픔을 실어 나른다
내일모레는 너를 업어주고 놀아준
사촌 언니와 네가 늘 보고 싶다고 조른
은지의 생일 5월 2일이다
어울려 놀던 지난해 어제 같은데
네가 달력에 표시해 준 언니와 은지 생일
생일파티 하라고 졸라댔을 너의
다시는 들을 수 없는 지청구가 그리워
녹음된 네 목소리 듣고 또 듣는다

달팽이

거실 유리문 조금 열어놓고 밭으로 간 할미 기다리다 지쳐
혼자 시간 보내다가 뽀로로도 티브이도 다 심심해
"할머니? 할머니?" 불러도 대답 없는 할미 찾아
텃밭으로 걸어 나오면 개미 지렁이 달팽이 모두 네 친구
자세히 보고 또 보고 그림으로 그려서
거미 다리가 여덟 개라는 걸 할미도 알았다
네가 없는 집안, 할미는 오늘도 밭에서 하루를 보낸다
토마토도 심고 오이도 심고 호박도 심었다
한 뼘씩 큰 감자밭, 물결처럼 넘실거리는 마늘밭,
풀도 뽑고 거름도 주고
한 살림 차린 달개비 뽑아내다가
네가 보기만 하면 애지중지
상춧잎에 올려놓던 달팽이도 몇 마리 보았다
한겨울 추위도 얇디얇은 껍데기로 견뎌 낸 달팽이도
봄에 환생하는데 너는 어디로 꼭꼭 숨었나
덧없어라 꿈결에도 오지 않는 두 번 다시 볼 수 없는
생사의 갈림길이 하늘과 땅보다 더 먼
우주 밖 이별의 길이구나

계란 밥

학교에서 돌아온 언니 혼자 밥을 먹네
햄 송송 썰고 양파 호박 감자 당근 송송 썰어
들기름에 밥과 함께 볶은 계란 밥
케첩으로 하트 만들어 준 볶음밥 먹으며
할머니, 유진이도 케첩 밥 좋아했는데
그 한마디 말 할미 눈물샘 콕 찔러
네가 앉아 있는 밥상 네가 잘 먹던 음식들
두부 삼겹살 계란찜 김 라면 모두 꺼내 놓고
아가야, 많이 먹어라 언니처럼 먹어라
울컥 치미는 설움 안타까움
그곳에서 너는 무엇을 먹고 있나
할미는 여기 있는데 누가 네 밥을 해주나
환영이라도 좋으니 아가야 많이 먹어라
갈비뼈 드러나던 네 여린 몸 가여워
혼이라도 좋으니 날마다 먹고 가라고
치매든 할미처럼 또 밥을 펐다

병원 진료서를 태우며

아빠가 한 상자 가져온 서류
가마솥 아궁이에 태우란다
아가였을 때부터 다닌 병원 진료기록들
네가 크면 수술할 수 있다는 희망에
혹시나 도움 될까 모아둔 서류가
안개 자욱한 새벽 아궁이 불에 탄다
한 달에도 몇 번씩 가야 하는 병원
저 서류가 쌓이도록 얼마나 아팠을까
병원 십자 간판 현관 앞에 서면 울던 아기
간호사만 보면 아빠 품에 숨던 아기
의사만 보면 숨넘어가던 아기가
친구들처럼 뛰어다니려면 진찰도 잘 받고
운동도 잘해야 한다고 단골 의사 선생님
꼬이고 타일러 울지 않고 진찰받던
찡그리지 않고 약 먹던
네 병명이 훨훨 불에 탄다
송곳으로 찔러대듯 심장 곳곳이 쓰렸지만

네가 이제는 아프지 않겠다는 염원에
그 많은 서류를 태우며 처음으로
할미 눈에 눈물이 나지 않았다
아가, 할미 가슴에 스며든 네 아픔
너를 지켜주지 못해서
오전 내내 머리 싸매고 누웠다

이모할머니

생전에 늘 이모할머니네 가자고 조르던
쭈그렁 할머니가 오셨다
빠글빠글 하얀 파마머리 갈매기 주름살
이빨 빠진 할머니가 네가 그려준 초상화 보며
최고의 그림이라고 웃던 꼬부랑 할머니가
어린이날이라고 유모차 귀퉁이에
너희들이 좋아하는 아이스크림 사 들고 오셔서
뻔히 없는 너를 그리워하시며 네 재롱이
엉덩이춤이 보고 싶다고 눈물 콧물 흘리신다
세상에서 제일 예쁘다던 네가 없어서
자다가도 운다는 이모할머니
어린 네가 무신 죄가 있다고
죽는 날 기다리는 늙은이나 데려가지
하느님도 조상님도 무심하다고
쭈그렁 얼굴 쪼글쪼글 운다

듣기 싫은 위로

시도 때도 없는 그리움에 시도 때도 없는 할미 눈물에 밥 사주러 온 손아래 동서가 한마디 건네는 말 형님, 그냥 유진이 좋은 곳으로 갔다고 생각하세요, 섭섭하시지만 장애인으로 살아가자면 얼마나 세상이 힘들겠어요, 그 옳은 말이 서운하더라, 사촌 형님 오셔서 자네 자꾸 울면 아기가 좋은 곳으로 못 가고 구천에서 맴돈다네 그 말씀도 서럽더라, 네 밥을 푸는 할미에게 에구 무슨 짓이냐고 밥그릇 빼앗는 집안 아낙도 야속하더라, 차라리 학교 다니며 친구들에게 왕따 당할까 봐 고 똑똑한 게 미리 천사가 되었다는 외할머니와 할미가 맞장구치면서도 서글프더라, 애기가 효녀라서 제 애비어미 고생시킬까 봐 하늘 나라로 갔다고 남 말 하듯 하는 할아범은 뒤통수 퍽 갈기고 싶더라, 맨날 병원 다니고 힘들어 하는 것보다 장애인으로 평생 살면서 제 신세 비관하는 일보다 저세상으로 간 아이가 아프지 않아서 괜찮다는 이모할머니 늙은이 망언이라고 생각했단다

이런저런 위로의 말, 한평생을 살아온 그분들이 상심한 할
미를 위하여 애쓴 진실의 말들이 언제 내 곁으로 다가오나
뻔한 사실인데 우리 아기는 친구들과 다른 장애아인 줄 알
면서도 생전에 한 번도 장애를 인정하기 싫었던 내 마음이
외면하는 부정, 용서해라 아가야 다 옳은 말씀이었단다
그 짧은 생애에도 얼마나 아프고 힘들었겠니, 얼마나 외로
웠겠니, 네가 느끼던 따돌림 집에만 오면 "언니 놀자 나하
고 놀자", "뽀로로야 놀자 나하고 놀자" 이제 다시는 들을
수 없는 할미 가슴을 찌르던 네 말 산산이 허공으로 흩어
져 별이 되었다 작은 아기별이 되었다

또래

네가 다니던 어린이집 가방을 멘
또래 아이가 무심히 뛰어간다
왈칵 치솟는 눈물 내 애긴 어딜 갔나
아직 방 한쪽 차지하고 있는 살림살이들
네 손때 묻은 인형, 뽀로로 집, 보드 칠판이
어린이집 가방 도시락이 주인을 기다리는데
걷잡을 수 없는 네 생각에 사무쳐
날만 밝으면 텃밭으로 나오는 할미
이제 그만 보내야지 다짐하고 맘 먹어도
또 뿌옇게 흐려진 안경을 닦으며
지나간 상념에 곁들여지는 후회
아가야, 어린이집도 가기 싫다고 했는데
네가 할미보다 먼저 느낀 또래와 다른 몸
잘 듣지 못하는 말 표현이 어려운 말
그보다 더 서러운 것은 친구들의 눈길
선생님 쟤 이상해요 말도 못 하고 걷는 것도 웃겨요
뻔히 알면서도 우는 너를 할미가 힘들다고 귀찮다고
물건처럼 너를 어린이집에 데려다주던

식구들이 얼마나 원망스러웠니
다 지난 뒤 후회만 남아 네 또래만 보면 가슴이 에인다

아가야 우리 한 몸이 되자

아가야 너와 나는 한 몸이 되자
지금은 닿을 수 없는 우주별에 든 어여쁜 내 손녀야
덧없이 흐르는 세월 어디쯤에서 할미도 이승을 떠나겠지
그때 명이 다한 할미가 찾으면 이승에 남겨진 몸에서
혼백이 빠져나와 넋이라도 너를 찾으면
주저 없이 오거라, 한달음에 오거라,
네가 뿌린 별빛 미리내를 건너는 노둣돌 위에서 만나
얼싸안고 웃고 울자, 할미는 너를 업고
온천지에 널린 별나라 여행길에 들겠다

그때쯤이면 이승의 네 본적지 벌열미 산하
태고의 조상님이 물려주신 양지바른 문중 선산
오솔길 옆에 할미의 핏줄들이 둘러서겠지
네 몸과 내 몸이 담긴 뼈 항아리 묻고
둥글게 둥글게 돌무덤 쌓겠지
목련 배롱 동백 이팝 보리수 모과 매화까지
시절 따라 꽃피는 나무도 심었다면
애기 무덤 할미 무덤 이정표도 세우겠지

오솔길 오르는 낯익은 길손들이 고요한 숲속에서
잠시 쉬었다 가는 긴 의자도 놓아다오

돌무덤 속 너와 내가 물관을 타고 피어나는
푸른 생들의 꽃이 되라고 열매가 되라고
한 줌 흙으로 돌아간 숲의 자궁 속에서 세월 속에서
한때 지상에 남긴 흔적인 네 그림과 할미 글도
자꾸 잊히겠지 인연조차 잊고 말겠지
저렇게 튼실한 나무들은 어깨를 맞대고 바람을 막는데
물푸레 팥배 함박 진달래 찔레 갈매나무의 실뿌리에 닿은
너와 내가 연리지로 얽혀 가지 끝 우듬지에 꽃을 피우면
돌무덤 사이로 개미도 집을 짓고 꽃뱀도 똬리 트는
따듯한 집이 되겠지 새가 날아와 새끼를 치고
한 석삼년 살다가 별이 되겠지

할미 죄 많아서 너를 못 만나면 죽어서도 못 만나면
네가 쌓은 돌무덤 터에서 날마다 네 이름 부르고 있겠지

책을 펴내며

내 아기를 못 본 지 지난 삼월이 꼭 일 년이다.

어떻게 견디었을까, 단 하루도 살아있는 게 견딜 수 없는 슬픔이던 나날들이 흘러서 세월이 약이라는 처방을 진단 받았던가. 조금씩 눈물은 말라갔으나 즐거움도 웃을 일도 없는 두문불출의 행간이 늘어나고, 서서히 온몸을 놓아버리는 정신 줄의 침잠이 사로잡기 시작했다. 이름보다 늘 "아기야"로 불렸던 손녀 너무 사랑했던 내 손녀, 세상이라는 가족이라는 인간사에 소풍 나왔던 어린 천사는 여덟 살 초등학교 처음 등교하는 시간에 세상과 이별해 먼 길을 떠났다.

영영 살아서는 못 만나는 별리의 길, 이승에서 억겁의 인연으로 묶인 혈육지정으로 만나 다시 신의 영역으로 간 손

녀 유진이. 유한한 이 인간사의 애환 속으로 잠시
소풍 나왔던 어린 천사가 구만리 장천을 날아 황천
을 건너 북망산을 넘어가면 있다는 하늘나라로 가
버렸다. 엄마도 아빠도 할미도 없는 나라로 지구별
을 떠난 어린 영혼이 홀로 날아갔다. 얼마나 외로울
까 얼마나 힘들까 내 손녀.

 그 어여쁜 손녀가 하늘나라 별이 되고 난 후 온
집안을 장악한 적막, 거실에 안방에 놀이방에 있
어야 할 아이가 없는 공간에 피붙이들의 눈물과
회한이 자리 잡고 슬픔을 깔았다. 내 애기, 내 손
녀, 어린 천사가 피우던 웃음꽃 울음꽃이 한순간
에 사라졌다. 송아지 눈망울로 말문이 트여 책 읽
는 소리가, 고사리손의 그림들이 손녀와 함께 사
라진 집에서 참척의 애달픔이 할미의 넋두리로 흩
어지곤 했다.
 86개월이란 짧은 생애를 하룻밤 꿈처럼 남기고 하
늘나라로 날아간 손녀, 2011년 작은 인형처럼 태어

난 아이, 숨 쉬는 것도 우는 것도 힘들던 조그만 몸 곳곳에 선천적 장애라는 꼬리표를 달고 나온 아이가 우리 애기였다.

천륜이란 가족사에 이름을 올리려 지구별에 안착한 아기, 병원에서 태를 가른 신생아는 정상아들과 조금 달랐다. 후두 연화증에 갸릉거리는 숨소리, 조금씩 휘어진 팔다리, 왼쪽으로 기운 척추 측만증이란 선천성 장애를 지니고 태어난 엄지공주였다.

여리디여린 몸에 달라붙은 병마, 중이염은 들을 수 없는 장애로 남았으며 양쪽 귀에 보청기를 끼워야 했다. 팔 개월 때 중환자실에서 폐렴을 이겨낸 뒤 웃음이 사라진 아이, 그래도 살아가려고 부모 품에 안겨 수백 번도 더 병원을 오갔고 온 가족이 걱정과 사랑으로 아가가 잘 크길 기원하면서 한 해 두 해 세월이 갔다. 아이가 웃으면 가족이 함께 웃었고 아프면 온 가족도 함께 아팠다. 건강하지 못해서 더 사랑스럽고 애틋했다. 제 위로 태어난 언니와 사촌 형제들도 모두 엄지공주를 위한 지극한 배려와 애정으로 우리 가족에게 손녀는 특별한 존재였다.

밥벌이 맞벌이 부모를 대신한 보모 할미, 늦은 시
각까지 제 언니와 함께 핏덩이로 내 품에 안겨 울고
웃던 기억이 파노라마처럼 돌아간다. 그림을 잘 그
리던 아이, 상상으로 그린 그림에 스스로 글을 쓰던
아이, 동요 한 곡 부르지 못해 할미 노래를 듣던 아
이, 동물과 꽃과 곤충을 사랑한 내 손녀는 神이 하
늘에서 잘못 내려보낸 천사였다.

어린아이 특유의 천진함과 상상으로 제 몸의 아픔
을 견디며 가족들 눈앞에서 그림을 그리고 책을 읽
던 초롱초롱한 눈망울이 하루아침에 사라졌다. 안아
주고 먹이고 업어 키운 할미 눈앞에서 한마디 말도
없이 하늘나라로 날아간 어린 손녀의 부재에 기가
막히다는 표현을 넘어 모든 생각이 정지된 허무, 그
렇게 시간이 흘러갔다.

이 무슨 천형의 기막힌 업보일까, 슬프다는 생각

도 허망하다는 상실감도 하늘이 쥐고 있는 생사의 몫에서
는 무기력하게 무너졌다. 지구별로 소풍 온 아기 천사가
하필이면 우리 가족하고 천륜을 맺어 잠시 다녀갔다는 위
로도 곳곳에 산재한 기억 앞에서 더 애끓었다.

내 어린 손녀, 그 여린 몸으로 어딜 갔을까. 저 푸른 삼월
하늘 어디로 날아갔나. 보고 싶어 몸부림치는 이승의 혈육
을 등지고 다시는 돌아오지 못하는 먼 길을 갔다. 내 품에
안겼던 천사가 하늘로 날아가며 할미를 버린 고통이 뼈 마
디마디 스며들어 온통 회한의 기억을 더듬는 환영뿐이다.

이승에서 짊어진 장애라는 굴레에 갇혀 혼자서는 어디도
못 가던 아이였다. 너무 연약해 제대로 숨 한 번 크게 못
쉬던 아이, 너무 힘들어 앞마당 한 번을 뛰지 못한 내 손
녀, 잘 듣지 못해서 말하기도 버겁던 어린 목숨이 가족을
두고 그 먼 길을 혼자 가 버렸다.

하물며 내가 지금 하늘나라로 간 어린 손녀의 짧은 생애
를 놓고 무슨 할 말이 있다고 펜을 들었나, 면목이 없다.
'손녀가 그린 그림으로 책을 펴내 주자'고 제 부모를 위로

했고, 또 내 스스로 위안을 삼으려 한 약속이었다. 부질없는 생각이라고 고개를 졌다가도 어린 손녀하고 내 마음이 맺은 영혼의 약속을 꼭 지키자고 다짐했다.

손녀는 반짝이는 눈동자로 세상의 모든 풍경과 동물들과 곤충, 꽃 그리고 상상으로 꿈꾸는 모든 미래를 그림으로 그려냈다. 그 경이로운 그림을 보고 있노라면 할미는 저절로 천재 화가라는 말로 자랑질해도 부족함이 없었다. 핸드폰 화면에 저장된 그림을 본 지인이 천재라는 덕담을 얹어주면 기쁨과 비례해 아이의 미래도 걱정했지만 하루에도 수십 번 보드 칠판에 그리던 그림과 추억은 영원히 할미 가슴에 지울 수 없는 화인으로 찍혔다.

장애가 있어서 어린이집에서도 친구가 없던 아이, 잘 듣지 못해서 말을 모르던 아이, 잘 걷지 못해서 소외되던 아이가 그린 그림과 글, 아이가 이런 비극

적 이별을 알고 남겨 놓은 유작 같기만 해서 더 가슴이 아
프지만 할미의 기억과 아이의 그림이 새 영혼으로 부활하
길 꿈꾼 약속을 이 한권의 시집으로 바친다.

 선천적 장애아로만 여기고 연민과 안쓰러움을 담아 바라
보고 사랑해준 모든 가족 동기간 어린이집 이웃들 또 제
부모의 지인들께 어린 천사가 남긴 유작들에 할미의 맘으
로 날개를 달아 본다. 아이의 그림을 보여주고 자랑하면
'천재'라는 찬사도 들었지만 그보다 앞서서 누구나 장애아
로 보던 시각 그게 늘 가슴 아팠던 할미의 마지막 선물이
라고 생각한다.
 또 할아버지와 아빠가 다닌 초등학교에서 입학식만 치르
고 교실 의자에 한 번 앉아보지 못하고 선생님과 친구들과
이별한 기막힌 슬픔을 나눠간 많은 분께 유진이를 지켜주
지 못한 속죄의 의미로 어린 천사를 잊지 말고 기억해 주
시라는 간절한 염원을 담았다.
 그 소중한 기억들이 할미와 가족 곁을 떠나기 전에 마무

리하고 싶었던 할미의 조급증에 神이 훼방을 놓았다. 심신의 무력함이 불러온 왼 손목의 골절, 깁스를 하고 굳은 손가락의 재활치료까지 가을 겨울이 다 갔다. 그 후유증으로 아직도 진행형인 양쪽 귀의 이상 증세까지 한꺼번에 닥친 내 몸의 불운은 '인생은 칠십부터' 라는 노년 찬가와는 거리가 멀었다. 덧붙여 내 아기가 겪었을 장애들이 대못처럼 평생을 가슴에서 찔러 댈 것을 또 할미는 그 찔림에 추억을 소환하고 잊지 않겠다고 아기와 놀겠다고 다짐을 해보지만 그 역시 우울한 조명일 뿐 장담하기는 힘들다.

솔직히 손녀의 무궁무진한 상상력에 비해 할미의 눈과 마음으로 보고 느낀 넋두리에 불과한 글이기에 손녀에게 용서를 빌어야 한다는 생각이 더 크다. 너무 많이 아팠으나 한없이 맑고 아름다운 세상을 담아낸 유진이에 비해 할미의 글은 진부한 가족사의 이력일 뿐이다.

어린 영혼의 명복을 빌어주시고 비통해하신 모든 동기간, 선생님, 이웃들과 애비 어미의 벗들과 이웃 지인님들께 손녀를 대신해 진심으로 인사드린다. 아주 먼 훗날 천상에서 뵙겠다고, 그때까지 건강하시라고, 안녕!

하늘이 푸르른 날
아가를 그리는 할머니가